MEMOIRE

DU *Sieur* FRANÇOIS-ALEXANDRE GUALBERT LAVAYSSE.

L'AFFAIRE des Calas est trop connue pour qu'on n'ait point entendu parler d'un jeune homme que le hasard fit souper chez eux le soir de leur catastrophe ; c'est moi qui eus ce malheur. Je viens une seconde fois me présenter à la Justice pour en obtenir la décharge qui m'étoit due, & qui m'a été refusée. Je veux laver la tache faite à ma réputation. Ni les horreurs de la prison, ni l'humiliation inséparable des autres formalités ne pourront me rebuter dans une poursuite où mon honneur est intéressé.

Les Mémoires qui ont paru pour la Dame Calas suffiroient sans doute pour prouver mon innocence, puisqu'ils mettent dans le plus grand jour

A ij

celle de tous les Accusés. J'ai cru néanmoins qu'il étoit de mon devoir de rapprocher aux yeux de mes Juges les circonstances qui ont contribué à mon malheur, & de leur faire connoître, par une exposition naïve des faits, combien j'ai à me plaindre en particulier de la prévention à laquelle nos premiers Juges se sont livrés.

F A I T.

C'est par une fatalité supérieure à toute prudence humaine que je me suis trouvé impliqué dans l'affaire des Calas.

Le sieur Calas étoit établi Marchand à Toulouse depuis près de quarante ans ; il avoit plusieurs enfans : les aînés étoient Marc-Antoine & Pierre Calas.

J'avois eu occasion de me lier avec eux dans le cours de mes études, & plus particulièrement encore pendant l'espace de deux ans que j'avois passés chez les sieurs Duclos freres, Négocians de Toulouse, chez qui mon pere m'avoit mis pour apprendre le commerce.

Les affaires du sieur Duclos ayant été dérangées par les malheurs de la guerre, mes parens m'envoyerent à Bordeaux pour m'y former dans la profeſſion que j'avois choiſie. J'y étois déja depuis plus d'un an, quand mon pere me rappella à Touloufe pour l'exécution d'un projet qui m'auroit mis en état de faire une fortune rapide.

Je partis de Bordeaux le 6 Octobre 1761, j'arrivai à Touloufe le 12 à cinq heures du foir; j'appris que mes parens étoient à la campagne. Pour pouvoir les aller joindre le lendemain, je m'empreſſai de m'acquitter des commiſſions dont j'étois chargé, & je fus ce même jour remettre au fieur Cazeing des lettres d'un de fes fils que j'avois connu à Bordeaux. Le fieur Cazeing me retint à fouper, & m'engagea même à coucher chez lui.

Il plut toute la nuit & toute la matinée du lendemain, ce qui m'empêcha de partir de Touloufe, comme je me l'étois propofé.

Le tems s'étant découvert avant midi, je cherchai un cheval de louage pour aller tout de fuite joindre mes parens; je n'en trouvai pas. Après le dîné je continuai d'en chercher, & ce fut encore inutilement.

Il étoit déja quatre heures du foir quand ma mauvaife fortune me fit paſſer devant la boutique du fieur Calas, où je vis des perfonnes de Caraman de ma connoiſſance : j'entrai pour leur demander des nouvelles de ma famille; & fur ce qu'elles me dirent qu'elles devoient partir le lendemain, nous convînmes de faire le voyage enfemble, fi je parvenois à trouver un cheval.

Les deux enfans du fieur Calas, charmés de me voir refter, me propoferent de fouper avec eux. Comme j'héfitois, le fieur Calas pere joignit fes inftances à celles de fes fils, & je me rendis à leur invitation. Pierre Calas, connoiffant mieux la Ville que moi, m'offrit de me conduire chez tous les Loueurs de chevaux; j'acceptai cette offre avec plaifir, & je fus l'attendre dans la chambre de la Dame Calas. Nous fortîmes à cinq heures, & ne rentrâmes que deux heures après fans avoir pu trouver de cheval.

Nous montâmes d'abord à la chambre de la Dame Calas, où elle étoit avec fon mari & fon fils aîné, qui, enfoncé dans un fauteuil, la tête appuyée fur une de fes mains, méditant fans doute fes triftes projets, ne fit aucune attention à nous.

Bientôt on nous fervit à fouper : nous nous mîmes à table. Marc-Antoine Calas mangea peu, but plufieurs coups de vin pur, & fe leva au deffert.

Le fieur Calas pere, la Dame Calas, leur fils cadet & moi paffâmes, après le fouper, dans la chambre voifine : Pierre Calas s'endormit, la Dame Calas prit un ouvrage de broderie, le fieur Calas fe mit fur un fopha, & je fis la converfation avec lui jufqu'à neuf heures trois quarts que je voulus me retirer.

Nous éveillâmes Pierre Calas ; & fur ce qu'il nioit de s'être endormi, nous fîmes plufieurs éclats de rire, tant nous étions éloignés de prévoir le malheur qui nous menaçoit.

Pierre Calas prit un flambeau & m'éclaira. En defcendant je lui demandai où étoit donc allé fon frere ? Il me dit qu'il le croyoit forti. Nous étions déja dans le paffage qui conduit à la rue : j'apperçus que la porte de la boutique qui donnoit dans ce paffage étoit ouverte, je le lui fis remarquer : nous entrâmes, & la premiere chofe que nous vîmes ce fut Marc-Antoine Calas, nue tête, en chemife, pendu entre les deux battans d'une autre porte qui communique de là boutique au magafin. A ce fpectacle je demeurai comme glacé ; Pierre Calas, auffi pétrifié que moi, s'approcha de fon frere & lui prit la main ; le corps balança ; & dans le même inftant, emportés par la frayeur, nous courûmes dans l'allée, où nous jettâmes les cris les plus perçans. Le fieur Calas pere fut le premier à les entendre. Ce malheureux vieillard accourt, sa femme le suit ; une impression naturelle me force à l'arrêter, je la ramene dans sa chambre, & je cours, comme machinalement, chercher un Chirurgien.

Le sieur Camoire, chez qui j'allai, étoit à la campagne : je demandai son garçon, un Porteur de chaise me dit qu'il étoit allé passer la soirée chez les Demoiselles Brandela ; je m'y fis conduire, & j'appris en chemin qu'il étoit déja entré chez les sieurs Calas.

Je fus alors chercher le sieur Cazeing que je savois être lié d'une ancienne amitié avec le sieur Calas ; Pierre Calas y vint aussi, & me pria de ne point dire que nous eussions trouvé son frere pendu, je le lui promis. Nous retournâmes avec le sieur Cazeing dans la maison du sieur Calas, où nous trouvâmes le sieur Clausade, Praticien, ami des Sieur & Dame Calas, qui s'étoit rendu auprès d'eux pour les aider de ses secours & de ses consolations.

Le sieur Clausade voyant qu'il n'y avoit aucun espoir de rappeller M. A. Calas à la vie, crut qu'il convenoit d'avertir la Police pour constater la mort de ce jeune homme, & obtenir la permission de le faire enterrer. Je fus avec lui pour cet effet chez les sieurs Monier & Savanier, Officiers de la

Maiſon de Ville : nous les ramenâmes avec nous.

Arrivés chez le ſieur Calas, nous apprîmes que le ſieur David, Capitoul, s'y étoit déja rendu avec une eſcouade du Guet. Les ſoldats qu'il avoit mis à la porte laiſſerent facilement entrer les ſieurs Monier & Savanier, mais ils ne nous en accorderent la permiſſion que ſur des inſtances réitérées. Le ſieur Clauſade s'arrêta au magaſin ; je montai à la chambre des Sieur & Dame Calas, où le Capitoul entra auſſi-tôt & donna ordre à ſes ſoldats de nous conduire à la Maiſon de Ville.

Voilà la ſource des malheurs de la famille Calas & des miens. Le Capitoul n'oſa pas d'abord nous accuſer hautement ; il dit même dans ſon Procès-verbal qu'il ne nous fit conduire à l'Hôtel de Ville que pour *prendre des éclairciſſemens ſur la mort de M. A. Calas* ; mais pouvoit-il le faire ? Quand l'Ordonnance ne lui auroit pas preſcrit ſon devoir à cet égard, pouvoit-il chercher un lieu plus propre à prendre des éclairciſſemens que le lieu même du délit ? D'ailleurs, ne devoit-il pas prévoir la funeſte impreſſion que cette démarche feroit ſur l'eſprit du peuple ? En effet, quand la populace qui s'étoit attroupée à la porte des Calas, curieuſe de ſavoir la cauſe des cris qu'elle avoit entendus, nous vit emmener à l'Hôtel de Ville à la suite du cadavre de M. A. Calas, elle ne douta pas que nous n'en fussions les assassins, & que le sieur David n'en eût des preuves convaincantes.

Le Greffier lui-même se laissa emporter à cette prévention, & augmenta vraisemblablement les funestes préjugés du sieur David. Je me souviens qu'après avoir rendu mon interrogatoire d'office, & comme je me retirois dans une chambre que le sieur David m'avoit indiquée, j'entendis tenir au sieur Savanier ce propos : *Il est aussi vrai que c'est son frere qui l'a tué, comme il l'est que je tiens une plume à la main ;* à quoi le sieur David ajouta: *Je vois qu'il leur en coûtera quelques tours de question, qui à coup sûr feront ruisseler le sang.* Je ne pus entendre ces menaces sans indignation, mais je ne crus pas qu'il fût au pouvoir du sieur David de les exécuter, & j'allai attendre tranquillement, où l'on m'avoit dit, que le Procureur du Roi, qu'on avoit envoyé chercher, fût arrivé.

Je l'attendois encore à dix heures du matin, quand des soldats vinrent m'avertir de les suivre. Ce fut pour me conduire en prison. On m'enferma d'abord dans un cachot impénétrable à la lumiere, où l'on me fit affeoir fur de la paille. Je me croyois feul, & je repaffois triftement en moi-même les événemens qui venoient de m'arriver, quand j'entendis une voix à mon côté ; je treffaillis de frayeur : c'étoit celle d'un prifonnier, peut-être d'un fcélérat, dont j'étois devenu le compagnon, qui m'adreffoit des difcours auxquels je n'étois pas en état de faire attention.

On me tira de ce cachot pour me mener dans un lieu plus affreux encore, dans une grande chambre appellée *de la Miféricorde*, où l'on raffembloit pendant le jour tous les prifonniers détenus pour des affaires criminelles.

Tant de finiftres objets jetterent l'épouvante dans mon ame ; je ne favois plus comment me comporter. Je defirai de confulter un Avocat. Le fieur Faget, qui pour lors étoit Chef de Confiftoire, s'offrit le premier à mon idée. Je demandai à lui parler, il me fit dire qu'il n'étoit point à la Maifon de Ville ; j'envoyai plufieurs fois chez lui, ce fut inutilement. J'en ai fçu depuis les raifons, il venoit de figner l'Ordonnance en vertu de laquelle j'avois été écroué. Mais parmi un grand nombre de perfonnes qui me vinrent voir, je diftinguai Me Carriere, autre Avocat, ami de mon pere, dont la prudence m'étoit connue. Je lui fis part du genre de mort de M. A. Calas, & des raisons qui m'avoient engagé à le cacher à la Justice. Après m'avoir écouté il sortit sans me répondre, en me disant qu'il alloit revenir. Il rentra effectivement demi-heure après avec un air très-agité : *Vous m'avez trompé, me dit-il, je viens de chez M. Calas, j'ai visité la porte, j'ai tout examiné, & je n'ai rien trouvé à quoi son fils puisse s'être pendu.* Cela est pourtant certain, lui répliquai-je, j'en suis sûr, je l'ai vu ; il est vrai que je ne sais à quoi la corde étoit attachée, mais ne doutez pas de ce que je vous ai dit. Mon assurance persuada Me Carriere ; il sortit après m'avoir exhorté à ne rien cacher dans les interrogatoires qu'on me feroit subir, à répondre avec précision, & à n'affirmer aucune circonstance dont je ne fusse bien assuré. Il alla ensuite trouver les sieurs Calas pere & fils, qui, après beaucoup de difficultés, lui avouerent qu'ils avoient trouvé Marc-Antoine pendu, & lui apprirent que la corde avoit été attachée à un billot posé sur les deux battans de la porte. Me Carriere, satisfait de ces éclaircissemens, leur recommanda, comme à moi, de ne plus cacher la vérité, de convenir nettement du fait qu'ils avoient voulu dissimuler pour sauver l'honneur de leur famille, & se retira.

J'avois écrit dès le matin à ma famille la fâcheuse circonſtance dans laquelle je me trouvois. Ma lettre parvint d'abord à l'aîné de mes freres, qui l'envoya au cadet, celui-ci à mon pere, & ſucceſſivement à mes plus proches parens qui ſe rendirent à Toulouſe avec la plus grande diligence. On avoit déja interdit la porte de la priſon ; cependant il leur fut permis de me venir voir en préſence d'un Capitoul. Je n'eſſayerai pas de peindre cette premiere entrevue : mon pere, ma mere, mes freres m'aimoient ; ils ſe retirerent avec mes autres parens en me donnant toute ſorte de conſolations.

Je deſirai ardemment d'écrire à ma famille, le ſieur David m'en donna l'occaſion.

L'on m'avoit fait deſcendre au Conſiſtoire pour ſubir un de mes interrogatoires. Le ſieur David étoit chargé de le recevoir ; il me fit aſſeoir à ſon côté, & ſe penchant ſur moi, il me dit à l'oreille, que ſi j'avois quelque lettre ou quelque billet à faire tenir à mes parens, il ſe feroit un plaiſir de s'en charger. Je ſaiſis avec joie cette facilité, j'écrivis très-ſouvent à mon pere. Le ſieur David qui retenoit mes lettres, n'avoit garde de m'apporter aucune réponſe. J'étois loin de ſoupçonner une pareille infidélité ; mais ce qui m'a toujours étonné, c'eſt que, malgré les aſſurances que je donnois à mon pere de l'innocence des Calas, ce Capitoul n'ait jamais rien perdu de la prévention qu'il avoit contre eux.

L'inftruction du Procès à l'Hôtel de Ville duroit depuis trois femaines, la prévention du Peuple contre nous n'avoit plus de bornes, le fanatifme augmentoit tous les jours ; les Capitou's avoient fait publier un écrit intitulé : *Chef de Monitoire*, dans lequel ils annonçoient que M. A. Calas avoit été étranglé entre deux chaifes, & fuppofoient que fa mort avoit été délibérée dans une affemblée de Proteftans, en haine de ce qu'il vouloit embraffer la Religion Catholique. Les Capitouls avoient auffi rendu une Ordonnance pour faire enterrer le cadavre de ce jeune homme. Cet enterrement avoit été fait avec une pompe fcandaleufe, à laquelle ils auroient pu s'oppofer. On avoit fait des Services pour l'ame du défunt, on lui avoit élevé des catafalques, enfin on en étoit venu jufqu'à lui attribuer des miracles.

Mon pere, juftement alarmé de tant de préoccupation, trembla pour moi, & voulut me parler. Il pria M. de Senaux, Préfident de la Chambre des Vacations, de lui donner permiffion de me venir voir. Ce Magiftrat la lui accorda, & voulut venir avec lui.

Mon pere pénétra donc une seconde fois jusqu'à moi. Qu'il étoit changé ! L'abattement étoit sur son visage ; sa voix, ses yeux étoient mourans. Aussi-tôt qu'il me vit, il se jetta sur moi & m'embrassa avec une vive émotion. Après s'être remis , il me fit part des bruits qui couroient contre les Calas. Il me dit qu'on croyoit avoir des preuves considérables contre eux , & qu'on me taxoit de n'avoir pas dit la vérité dans mes interrogatoires. Il me fit sentir la conséquence d'une réticence si déplacée ; & en redoublant ses embrassemens, il me conjura de lui raconter avec vérité tout ce que je savois de la mort de M. A. Calas.

Je serrois mon pere entre mes bras, & je n'étois guères en état de lui répondre. Cependant je lui rapportai dans le plus grand détail les circonstances dont je viens de rendre compte. Je l'assurai qu'il ne m'étoit pas possible de douter de l'innocence des Calas, puisque je ne les avois pas perdu de vue un seul instant, & que je ne consentirois jamais à déguiser cette circonstance. Mon pere pleura de nouveau , m'embrassa & me recommanda de ne rien cacher, en m'exhortant à tout espérer de la justice de Dieu.

Quelques jours après nous fûmes jugés par les Capitouls : « ils ordonnerent que les sieurs Calas » pere & fils, & la Dame Calas , seroient appliqués

*

» à la queſtion ordinaire & extraordinaire, & que
» la Servante & moi y ſerions ſeulement préſentés. »
On nous lut cette affreuſe Sentence; auſſi-tôt nous en
interjettâmes appel au Parlement, & par-là nous
étions affranchis du pouvoir des Capitouls. Cependant ce jour-là même ils nous firent mettre tous aux
fers.

La Sentence des Capitouls eſt du 18 Novembre
1761. Quinze jours après la Tournelle s'aſſembla
pour nous juger.

Le Rapporteur préſenta d'abord le procès des
ſieurs Calas pere & fils. Les Juges ne trouvant pas
des preuves ſuffiſantes pour les condamner, opi-
nerent pour une continuation d'information, &
ſans aucun autre examen, ils rendirent leur Arrêt.

On fit publier de nouveau les chefs de monitoire qui avoient déja paru, & l'on ordonna la
fulmination de l'excommunication. Chacun de ces
actes ranimoit la fureur du peuple, & redoubloit
ſon aveuglement. Ma perſévérance à ſoutenir l'innocence des Calas fit enfin tourner contre moi les
armes de la calomnie. On ſuppoſa que j'avois pluſieurs fois tenté de m'évader ; on publia que je
m'enivrois tous les jours, & que dans un moment
d'ivreſſe je m'étois avoué coupable du crime dont
on nous accuſoit. On prétendit que j'avois déja
commis

commis plusieurs assassinats de ce genre (le bruit en est venu jusqu'à Paris); que j'avois été choisi pour être l'exécuteur des ordres des Elus de ma Secte. Tout ce que la calomnie peut inventer de plus atroce, me fut imputé. Heureusement il n'y eut personne d'assez méchant pour déposer en Justice sur aucun de ces faits.

On m'avoit confronté plusieurs témoins à la Maison de Ville, on m'en confronta encore de nouveaux au Parlement : mais leurs dépositions ne faisoient que confirmer ce que j'avois avancé dans mes interrogatoires. Un seul, c'étoit un Soldat du Guet, nommé *Verger*, prétendit qu'étant de garde dans ma chambre, ne sachant ni le jour ni l'heure, je lui avois dit *avoir lu dans un livre qu'il n'étoit pas dommage d'étrangler une personne ; que nous venions tous de terre, & qu'il falloit y retourner la même chose.* Ce témoin étoit un faux témoin qui avoit apparemment oublié sa leçon. Il mentoit, & son mensonge n'aboutissoit à rien. En effet que s'ensuivroit-il de cette déposition, quand elle seroit vraie & attestée par plusieurs ? Ce seroit que j'aurois lu ce passage dans quelque mauvais livre. Eh, bon Dieu ! ne trouve-t-on pas tous les jours des livres dont les principes font horreur à la plupart de ceux qui les lisent ? Mais, je le

B

répete, cette dépofition eſt fauſſe. Je n'ai lu rien
de pareil dans aucun livre ; je n'ai jamais tenu
un ſemblable diſcours.

Après que les confrontations & les autres procédures furent finies, on s'aſſembla de nouveau
pour nous juger le 9 Mars 1762. Treize Juges ſe
trouverent ce jour là à la Tournelle. On ſait qu'il
y eut d'abord partage, & que ce ne fut pas ſans
de longs débats qu'il paſſa à la pluralité des voix
de condamner le ſieur Calas au dernier ſupplice.
Il fut ſurſis au jugement de la Dame Calas, de
ſon fils, de ſa Servante & au mien, juſqu'après
l'exécution de l'Arrêt.

Tout le monde eſt inſtruit des circonſtances de
la mort de cet infortuné vieillard. La maniere
touchante dont il s'eſt entretenu de moi dans les
derniers momens de ſa vie, n'a pu rien ajouter
aux regrets que m'ont cauſés ſes malheurs. Aſſuré
de ſon innocence, j'aurois, plus que perſonne,
été touché de ſa condamnation ; mais je l'appris
dans un moment où ma ſenſibilité étoit épuiſée.

C'eſt l'uſage qu'auſſi-tôt qu'un prévenu eſt dé-
chargé de l'accuſation, on ouvre les priſons à ceux
qui viennent lui apprendre ſa délivrance. J'attendois en conſéquence que mes plus proches parens
vinſſent m'arracher les fers dont j'étois chargé, &

me ramener au fein de ma famille. Mais dans
quelle inquiétude ne fus-je pas, quand je vis des
heures s'écouler fans recevoir aucune nouvelle!
La Sentinelle avoit déja été relevée deux fois; à
la troifieme je me vis enlever le couteau, la four-
chette, & tous les inftrumens à l'aide defquels on
fuppofoit que je pouvois attenter à ma vie. Au
lieu d'un foldat de garde on en mit deux. Tous
les prifonniers qui avoient la liberté de me voir,
fuyoient loin de moi. Je me crus perdu : je ne
doutai plus de ma condamnation. J'écrivis une
Lettre à mon pere, telle que le trouble auquel
j'étois livré pouvoit le permettre, & j'en chargai
un des foldats qui me gardoient.

Cette lettre fut portée au fieur David, qui pour
lors étoit avec Mr de Lafue, nouveau Chef de
Confiftoire. Le fieur David croyant fans doute
qu'il étoit inutile de remettre cette lettre à mon
pere, voulut la jetter au feu; Mr de Lafue la
retint & l'envoya à un Magiftrat qui, m'a-t-on
dit, la communiqua à la Chambre.

Je paffai la nuit dans la plus grande agitation;
toutes les fois que quelqu'un entroit, je croyois
que c'étoit le Bourreau qui me venoit prendre,
ou un Prêtre qui venoit m'exhorter à la mort.
Toute la journée fe paffa de même. Le foir, un

B ij

des soldats de la garde, nommé *Lapierre*, qui venoit d'assister au supplice du sieur Calas, s'approcha de moi & m'apprit cette affreuse nouvelle. Il ajouta que nous avions tous été condamnés, & qu'on ne vouloit cependant nous faire périr que les uns après les autres, afin que notre mort fît une plus grande impression sur le Peuple. Le récit de cet homme ne m'étonna pas, je m'étois déja disposé à mourir ; mais qu'on juge de ma situation.

Enfin la Tournelle s'assembla pour nous juger le 18 Mars 1762 ; plusieurs des Juges voulurent nous décharger de l'accusation ; mais d'autres s'y étant opposés sur le fondement de quelques prétendues regles particulieres au Parlement de Toulouse, ils s'accorderent à condamner Pierre Calas à un bannissement perpétuel *pour les cas résultans du Procès*, & à mettre la Dame Calas, sa servante & moi simplement hors de Cour.

La respectable veuve du sieur Calas, accablé de son malheur, n'y succomba pas ; le desir de venger un époux dont la mémoire lui étoit aussi chere que la condamnation avoit été injuste, la soutint & l'a fait accourir à Paris de l'extrêmité du Royaume. Ses larmes ont attendri les cœurs ; elle a trouvé dans la Capitale, de la commisération & des secours, sa voix a été écoutée, la vérité s'est fait

entendre, & le Confeil du Roi, après avoir examiné les procédures faites à Touloufe tant contre
le fieur Calas que contre fa veuve, fon fils, fa
Servante & moi, a caffé les Arrêts du Parlement,
& a renvoyé le Procès à Meffieurs des Requêtes
de l'Hôtel au Souverain pour y ftatuer de nouveau.

Comme nous n'avons plus à combattre ni le
fanatifme, ni aucune des caufes qui ont contribué
à la mort du fieur Calas, je ne doute point que
nous n'obtenions tous une pleine décharge de l'accufation, & qu'on ne rende à la mémoire de cet
infortuné vieillard l'honneur qui lui eft dû à fi
jufte titre.

La Dame Calas a prouvé l'innocence de fon
mari. Pour ce qui me concerne, je n'ai d'autres
preuves de mon innocence que celles dont on a
fait fi peu de cas à Touloufe ; j'efpere toutefois
qu'elles fuffiront pour la rendre éclatante.

M O Y E N S.

Quel étoit le crime dont on m'accufoit ? Il eft
difficile de le favoir, puifqu'il n'y a jamais eu de
plainte en forme contre moi, non plus que contre
les Calas. On n'en peut juger que d'après plufieurs
Mémoires qualifiés *Briefs intendits*, dont le réful-

tat se trouve dans le huitieme article des chefs de
monitoire publiés à Touloufe, que la Dame Calas
a fait imprimer dans la plupart de ses Mémoires.
Cet article est conçu en ces termes : « *Contre tous*
» *ceux qui sauront par ouï-dire, ou autrement,*
» *qu'il arriva de Bordeaux la veille du 1 3 un jeune*
» *homme de cette Ville, qui n'ayant pas trouvé*
» *des chevaux pour aller joindre ses parens qui*
» *étoient à la campagne, ayant été arrêté à souper*
» *dans une maison, fut préfent, consentant ou par-*
» *ticipant à l'action* ».

Voilà l'accufation intentée contre moi ; elle est
affreufe : mais en même tems qu'elle est absurde!
On avoue que j'étois arrivé de Bordeaux la veille
de la mort de M. A. Calas, que j'avois cherché
des chevaux pour aller joindre mes parens à leur
campagne, que n'en ayant pas trouvé, j'avois été
forcé de demeurer à Toulouse ; & l'on conclut
de-là que, ne fachant que faire, comme par
défœuvrement & pour paffer le tems, j'avois été
chez le fieur Calas l'aider à pendre son fils mon
ancien ami ! On ne conçoit pas comment une
pareille idée a pu s'accréditer, & comment les
Juges de Touloufe ont pu demeurer dans l'indé-
cifion.

Il n'y avoit aucune preuve, aucun indice contre

moi, aucun témoin ne me chargeoit ; il y en avoit au contraire un grand nombre dont les dépofitions prouvoient la vérité de ce que j'avois avancé dans mes interrogatoires ; il y en avoit qui m'avóient vu revenir chez le fieur Calas avec les fieurs Monier, Savanier & Claufade, & qui avoient vu les difficultés que firent les foldats pour me laiffer entrer. Le foldat du Guet, *Verger*, étoit le feul qui eût eu deffein de me nuire, & fa dépofition n'avoit aucun fens.

D'un autre côté, l'aveu que je faifois de n'avoir point quitté le fieur Calas ne devoit pas me nuire, puifque les preuves qu'on difoit avoir de fon prétendu crime m'étoient totalement étrangeres.

Que le fieur Calas eût maltraité un de fes enfans pour avoir changé de Religion, qu'il en eût menacé un autre pour l'empêcher d'en faire autant; que M. A. Calas eût été à Vêpres, à la Meffe, à la Bénédiction, que s'enfuivroit-il ? Tout cela feroit auffi bien prouvé qu'il l'eft peu, qu'on n'en pourroit tirer aucune induction contre moi. Ces preuves (fi l'on peut donner ce nom à de pareils indices), devoient être rejettées quand, par une dépofition que rien ne contredifoit, & dont au contraire plufieurs actes de la procédure conftatoient la vérité, j'affurois n'avoir point quitté le fieur

Calas pere depuis le moment que j'avois vu son fils aîné sortir de table, jusqu'à celui que j'avois moi-même trouvé ce jeune homme pendu.

Mais voici ce qui devoit convaincre de mon innocence.

J'étois accusé d'avoir participé au prétendu assassinat de M. A. Calas, en haine de ce qu'il vouloit, disoit on, changer de Religion. Pour admettre un pareil soupçon, il falloit supposer que j'étois un scélérat, incapable de remords à l'approche des plus grands crimes, un fanatique prêt à tout sacrifier à l'esprit de parti, un fourbe, un forcené qui oubliois l'ancienne amitié qui me lioit à M. A. pour m'unir au sieur Calas pere avec qui je n'avois presque point de relation ; un imprudent qui, après avoir commis un crime abominable, étois retourné dans la maison du sieur Calas, y étois entré malgré la résistance des soldats, m'étois laissé conduire à la Maison de Ville, & y avois passé toute la nuit sans chercher à m'enfuir, quoique les portes me fussent ouvertes. Il falloit faire encore mille autres suppositions de ce genre, aussi incroyables les unes que les autres. Cependant j'étois un jeune homme né de parens vertueux, qui s'étoient appliqués à me former un caractere humain & sociable ; j'étois connu pour m'être

toujours bien acquitté de mes devoirs ; je n'avois
pas vingt ans , & je donnois le journal de ma vie.

Dès l'âge de huit ans mon pere m'avoit mis au
Collége , j'y avois fait mes claffes avec fuccès ;
avant d'en fortir j'avois foutenu des thefes géné-
rales de philofophie avec quelqu'applaudiffement ;
mes Régens & mes Profeffeurs avoient été contens
de moi.

En fortant du Collége j'étois entré chez les
fieurs Duclos, freres ; j'avois gagné leur confiance ;
& je ferois vraifemblablement encore chez eux ,
fi les malheurs de la guerre n'euffent dérangé leur
fortune.

Jufques-là j'avois toujours demeuré à Touloufe ;
j'y étois généralement connu , & je commençois
à partager l'eftime dont le Public honoroit ma
famille.

Après que j'eus quitté la maifon des fieurs
Duclos, mes parens m'envoyerent chez le fieur
Fefquet, Armateur à Bordeaux , pour continuer
d'apprendre le commerce. Les occupations aux-
quelles je m'étois livré dans cette Ville , & les
bonnes liaifons que j'y avois faites , prouvoient
également la droiture de mes fentimens & la pureté
de mes mœurs.

Ne trouvant pas chez le fieur Fefquet de quoi
m'occuper utilement , je formai le deffein d'entrer

dans la Marine marchande, & je fis à cet effet un cours de pilotage fous le fieur Montegut, Profeffeur d'Hydrographie à Bordeaux. Mon pere, en y confentant, avoit eu d'autres vues ; il fe propofoit de me faire paffer au Cap François auprès d'un de mes oncles qui y poffede de grands biens, & qui, par fa pofition, étoit en état d'avancer promptement ma fortune ; mon pere avoit même pris des arrangemens avec un de fes amis pour m'envoyer à Cadix, où je devois m'embarquer fur un vaiffeau neutre, & c'eft à cette occafion qu'il me rappella de Bordeaux à Touloufe, où le fatal événement qui m'arriva fit évanouir tous ces projets.

Toutes les perfonnes qui m'avoient connu particulierement, s'empefferent de me fournir des certificats de ma bonne conduite ; je les joignis à ma Requête lors de mon Jugement, & je les rapporte tous ici (1).

(1) Je fouffigné certifie que François-Alexandre Gualbert de Lavayffe a fait fon Cours de Claffes dans notre Collége ; qu'à la fin des deux ans de philofophie , il foutint des Thefes dédiées à l'Ordre des Avocats, avec l'applaudiffement de tous ceux qui affifterent à fon acte, & que durant tout le tems de fes études, il a été cher à fes maîtres par la douceur de fes mœurs & l'exactitude avec laquelle il a rempli tous fes devoirs : ce qui prouve évidemment la bonne éducation qu'il a reçue dans la maifon paternelle. LAGORRÉE, Préfet du Collége des Jéfuites, figné.

Nous fouffignés certifions à qui il appartiendra que le

Des témoignages si conftans d'une conduite sou-
tenue formoient, ce me femble, une préfomption
affez forte pour tenir lieu de preuve ; ce n'eft pas
après avoir mené une vie honnête qu'on paffe tout

fieur François-Alexandre-Gualbert de Lavaytte a été dans
la maifon des fieurs Duclos freres, Négociants de cette
Ville, en qualité de Commis, depuis le mois de Décem-
bre 1757 jufques au mois de Novembre 1759, & que
pendant tout ce tems-là il s'eft attiré par fes bonnes
mœurs, fon exacte probité, la douceur de fon caractère,&
mille autres bonnes qualités, l'amitié, l'eftime & la confiance des fieurs Duclos, des fouffignés, & en général de
tous ceux qui fréquentoient la maifon des fieurs Duclos, ou
qui étoient en relation d'affaires avec eux. BONAFOUS-DU-
CLOS, DANDICHON, ancien Caiffier des fieurs Duclos. RAEY,
Caiffier des fieurs Duclos. CAVAILHEZ-DUCLOS. DOMECQ,
ancien Commis des fieurs Duclos. REME, ancien Commis
des fieurs Duclos. ROBERT. GINESTET. CLEMANS, ancien
Capitoul. Signés.

Je fouffigné, Négociant & Armateur de cette Ville de
Bordeaux, certifie & déclare que le fieur François-Alexandre-Gualbert de Lavaytte a refté chez moi en qualité de
Commis pendant l'efpace de quatorze mois qui ont fini en
Octobre dernier ; qu'il s'y eft comporté en homme d'honneur & de probité ; qu'il n'eft jamais venu à ma connoiffance qu'il ait eu rixe ni querelle avec qui que ce foit ; qu'au
contraire j'ai toujours trouvé en lui les fentimens d'une
exacte fageffe, & un caractere le plus doux & le plus fociable, qui lui ont attiré mon amitié & mon eftime, comme
auffi celle de tous mes amis & voifins. FESQUET, figné.

Je fouffigné, Profeffeur Royal d'Hydrographie au Port
de Bordeaux, & conféquemment de la Religion Catholique
Apoftolique & Romaine, certifie que M. Lavaytte, natif
de Touloufe, demeurant ci-devant chez M. Fefquet, Négociant & Armateur de cette Ville, a très-exactement & très-
1égulierement donné fes affiduités dans la Claffe d'Hydrographie, établie en ce Port, depuis le mois d'Avril jufqu'au

d'un coup à l'excès de la scélérateſſe : *nemo repentè fit turpiſſimus*. D'ailleurs, ce n'eſt pas ſans aucun intérêt que l'on commet le crime.

J'oſe le dire, mon innocence étoit évidente ;

26 Septembre 1761, & qu'il y a appris avec autant d'application que d'intelligence, les principes de la réſolution des routes de navigation, dont la connoiſſance eſt néceſſaire à un Pilotin ; l'ayant d'ailleurs reconnu de très-bonnes vie & mœurs : en conſéquence j'ai donné le préſent Certificat avec d'autant plus de plaiſir, que j'ai été le témoin oculaire de ſa bonne conduite & du ſoin qu'il m'a paru apporter à l'étude. Montegut ſigné,

Je ſouſſigné, Profeſſeur de pluſieurs Sciences & Langues, & Catholique Irlandais, réfugié en France depuis 1724, certifie que dans les mois d'Avril ou Mai dernier, j'ai enſeigné la Langue Angloiſe au ſieur Lavayſſe, alors Commis du ſieur Feſquet, Négociant de cette Place, & que je n'ai jamais remarqué chez lui aucun eſprit de fanatiſme, mais au contraire beaucoup de ſageſſe, de gravité & de douceur, même juſqu'à un point peu commun à ſon âge. Guillaume-Eugene O Ryordan, ſigné.

Je ſouſſigné, Prêtre & Bénéficier du Chapitre de Montauban, réſidant à Bordeaux, attaché à M. le Maréchal Duc de Richelieu, Gouverneur de la Guienne depuis environ trois ans, déclare que le ſieur François-Alexandre-Gualbert de Lavayſſe, natif de Toulouſe, a été de très-bonnes vie & mœurs pendant tout le tems qu'il a reſté chez le ſieur Feſquet, Armateur, de cette Ville ; que pour répondre à la confiance que M. de Lavayſſe, ſon pere & mon ami intime, a en moi, j'ai employé tous mes ſoins pour être exactement informé de la conduite de cet enfant ; qu'il n'eſt venu à ma connoiſſance que les choſes les plus avantageuſes ſur ſa ſageſſe, ſur ſa bonne éducation & ſur la douceur de ſon caractere, qui lui ont généralement attiré l'eſtime, l'amitié & l'approbation de toutes les perſonnes qu'il a fréquentées ; & que voyant chez moi cet enfant pluſieurs fois la ſemaine, je n'ai reconnu en lui que de vrais ſenti-

cependant j'ai demeuré cinq mois dans les prifons chargé de fers, livré à l'inquiétude, féparé, pour ainfi dire, du monde entier : j'ai été traîné en fpectacle dans les rues de Touloufe : j'ai été affis

mens d'honneur, de vertu & de la plus exacte probité. GODIN, Prêtre, figné.

Je fouffigné, Prêtre, Docteur en Théologie & Chanoine du Mas d'Agenois, déclare qu'en qualité de voifin de M. Fefquet, Négociant de cette Ville, j'ai eu occafion de voir plufieurs fois le fieur Lavayffe fils, fon Commis, pendant le féjour qu'il a fait chez ledit fieur Fefquet, & que je n'ai jamais ouï-dire ni appris qu'on ait eu rien à lui imputer contre ce qui caractérife l'honnête homme ; qu'au contraire, nous lui avons toujours reconnu un caractere très-doux & fociable. En foi de quoi avons figné, PAROUTY Chanoine.

Nous fouffignés déclarons qu'étant voifins de M. Fefquet, & Profeffants la Religion Catholique Apoftolique & Romaine, certifions que le fieur Gualbert de Lavayffe, natif de Touloufe, Commis chez M. Fefquet pendant l'efpace d'environ quatorze mois, a toujours été de très-bonnes vie & mœurs ; qu'il n'eft jamais rien venu à notre connoiffance qui foit contraire aux fentimens d'honneur & de probité ; qu'au contraire, il s'eft attiré notre amitié & eftime par fa fageffe & la douceur de fon caractere, en foi de quoi avons figné, LAPORTE, Chirurgien de M. Fefquet ; FALQUET, Apothicaire Major des Hôpitaux Militaires de S. M. & après de M. le Maréchal Duc de Richelieu ; LABOTTIERE ; BAYLE ; PISSABŒUF. SAINT-EUGENT, CHASSON, fignés.

Nous fouffignés certifions avec vérité avoir connu & fréquenté pendant l'efpace d'environ une année le fieur Gualbert Lavayffe, demeurant alors chez le fieur Fefquet, Armateur de cette Ville, & n'avoir jamais rien connu chez lui d'oppofé aux bonnes mœurs ; lui ayant toujours trouvé au contraire un efprit éclairé, charitable & humain, & des mœurs douces & fociables, qui lui avoient concilié notre eftime. En foi de quoi nous avons figné, PIERRE

fur la fellette : j'ai été livré à la haine publique,
& pour tout dire enfin, l'on a fait dépendre
ma vie de la fermeté d'un vieillard épuifé par
les infirmités, accablé de chagrins, fur lequel on
éprouvoit encore la rigueur des plus cruels fup-
plices ; un mot arraché de fa bouche par la vio-
lence des tourmens me conduifoit fur l'échaffaud,
flétriffoit une famille irréprochable, & deshonoroit
toutes celles à qui j'ai l'honneur d'appartenir.

Quels font les auteurs de tant de défaftres ? C'eft
un premier Juge qui, appellé à l'occafion d'un délit,
méconnut fon devoir jufqu'à ne pas conftater le
genre de ce délit, & ne fit aucune recherche dans

LAFITE, BAUX, PAUL BOREL, FRANÇOIS-CORBIÈRES, JAC-
QUES DIERX, les freres LABOTTIÈRE, FRANÇOIS BOREL,
JEAN-BALGUERIE coufin, PELLICIER, JACQUES SALLENEUVE,
JEAN CHAPUIS, BERNARD RAVINA, MOSNIER, JEAN FABRE,
RABAUD, FRESCARODE.
Nous fouffignés déclarons que fur les inftances qui nous
ont été faites par des perfonnes qui profeffent la Religion
Catholique de nous enquérir des vie & mœurs du fieur
Lavayffe, Gommis du fieur Fefquet, Négociant, & fils
du fieur Lavayffe, Avocat au Parlement de Touloufe : on
nous a rendu, d'après une enquête vérifiée par nous & nos
Vicaires, ce témoignage qui fuit : que le fieur Lavayffe
profeffe la Religion réformée ; qu'il n'a donné dans aucun
travers, ni aucun libertinage, ni fcandale pendant fon féjour
fur notre paroiffe ; & d'après le témoignage de perfonnes
Catholiques à portée de le connoître, il a paru abfolument
éloigné de tout fanatifme en matière de Religion, & plus
occupé des amufemens de la jeuneffe & du bénéfice du
commerce que de toute autre chofe. En foi de quoi nous
avons figné, RIBOUTY, Curé de Saint Pierre.

l'intérieur de la maison où il avoit été commis (1),
fut assez dénaturé pour soupçonner d'abord un
pere & une mere d'avoir tué leur fils ; prit sur lui
de faire conduire en prison, avant d'avoir fait
informer, six domiciliés, d'une réputation entiere,
& ne craignit point d'exciter contr'eux la clameur
d'un peuple superstitieux. C'est le même encore
dont l'imagination échauffée traça dans des interrogatoires faits hors de place, le plan d'une accusation aussi atroce que calomnieuse. C'est un autre
de ses collegues qui, se joignant avec empresse-
ment à son confrere, décréta de prise de corps
cinq personnes contre lesquelles il n'y avoit ni
plainte ni information. Ce sont eux enfin qui ont
conduit toute la procédure, ont fait publier des
chefs de monitoire séditieux, ordonné l'enterrement d'un suicide, dont la conviction opéroit la
décharge d'un pere dans les fers. Ce sont eux qui
ont toléré les honneurs scandaleux que l'on rendoit
à sa mémoire, qui ont ramassé avec un soin scru-
puleux tous les vains discours de la populace, &
les ont même accrédités en intimidant les témoins,

---

(1) Cette négligence est inexcusable. L'allée de la maison
du sieur Calas communiquoit à une grande cour sur laquelle
il y avoit plusieurs corps-de-logis : vingt personnes auroient
pu s'y cacher dans ces endroits. Ne convenoit-il pas au Capitoul d'y faire des recherches avant d'accuser les Sieurs Calas,
la Dame Calas & moi d'avoir assassiné Marc-Antoine ?

& en décrétant un de ceux qui, par un fond de probité & de religion, se rétractoient en Justice des mensonges qu'ils avoient dits en public.

Des fautes si graves & si multipliées sont elles l'effet d'une impéritie de la part de ces premiers Juges, ou d'une prévention aveugle qui leur faisoit chercher des coupables où il n'y avoit que des innocens ? C'est ce qu'il m'importe peu d'examiner. Quelles que puissent en être les causes, les suites funestes qu'elles ont eues me donnent bien le droit de m'en plaindre. Quand le Parlement de Toulouse a condamné comme coupable un homme qui ne l'étoit point, & m'a refusé à moi-même la décharge de l'accusation qui m'étoit due, n'est-ce pas à la conduite des Capitouls que je dois imputer son erreur ?

Je ne crains pas qu'elle produise le même effet auprès du Tribunal qui va vous juger. J'attends de sa justice la décharge de l'accusation intentée contre moi : mon innocence & ses lumieres m'assurent que je l'obtiendrai. *Signé*, LAVAYSSE.

Monsieur DUPLEIX DE BACQUEN-COURT, *Rapporteur*.

Mᵉ OYON, Proc.